MORMAÇO NA FLORESTA

Obras de Thiago de Mello pelo Grupo Editorial Global:

Acerto de contas
As águas sabem coisas
Amazonas, pátria da água
Como sou
Faz escuro mas eu canto
Melhores poemas Thiago de Mello
Mormaço na floresta
Poemas da América de canto castelhano
Ponderações que faz o defunto aos que lhe fazem o velório*
Tenebrosa água*
Vento geral*

* Prelo

THIAGO DE MELLO

MORMAÇO NA FLORESTA

São Paulo
2023

global
editora

© Thiago de Mello, 2014

1ª Edição, Civilização Brasileira/Massao Ohno,
Rio de Janeiro 1981
2ª Edição, Civilização Brasileira, Rio de Janeiro 1983
3ª Edição, Global Editora, São Paulo 2023

Jefferson L. Alves – diretor editorial
Gustavo Henrique Tuna – gerente editorial
Flávio Samuel – gerente de produção
Jefferson Campos – assistente de produção
Nair Ferraz – coordenadora editorial
Giovana Sobral – revisão
Mauricio Negro – ilustração de capa
Julia Ahmed – capa, projeto gráfico e diagramação

Dados Internacionais de Catalogação na Publicação (CIP)
(Câmara Brasileira do Livro, SP, Brasil)

Mello, Thiago de
　Mormaço na floresta / Thiago de Mello. – 3. ed. – São Paulo : Global Editora, 2023.

　ISBN 978-65-5612-437-7

　1. Poesia brasileira I. Título.

23-149188　　　　　　　　　　　　　　　　　CDD-B869.1

Índices para catálogo sistemático:
1. Poesia : Literatura brasileira　　B869.1

Eliane de Freitas Leite - Bibliotecária - CRB 8/8415

Obra atualizada conforme o
NOVO ACORDO ORTOGRÁFICO DA LÍNGUA PORTUGUESA

Global Editora e Distribuidora Ltda.
Rua Pirapitingui, 111 – Liberdade
CEP 01508-020 – São Paulo – SP
Tel.: (11) 3277-7999
e-mail: global@globaleditora.com.br

 globaleditora.com.br　　 @globaleditora

 /globaleditora　　 @globaleditora

 /globaleditora　　 /globaleditora

 blog.grupoeditorialglobal.com.br

Direitos reservados.
Colabore com a produção científica e cultural.
Proibida a reprodução total ou parcial desta
obra sem a autorização do editor.

Nº de Catálogo: **3831**

MORMAÇO NA FLORESTA

*Para Ana Helena,
a força dos goitacazes de Campos,
e para a nossa criança
que está chegando.*

*Quero dedicar este livro
às crianças caboclas da minha Barreirinha,
pequenina cidade plantada
no centro da floresta amazônica,
onde não vivo em paz
mas trato de repartir a esperança.
Não se entenda que o retorno
aos verdes dos meus barrancos
resultou em perda da alegria.
Não deixarei, e não deixemos nunca,
que os inimigos da infância,
os que têm pavor da aurora,
devorem também o nosso gosto de viver.
Conquanto malferidos, resistamos,
contentes de existir e compartir.
Sucede que não posso viver em paz
porque vivo e convivo com crianças
que, eu sei, dormem com fome.*

SUMÁRIO

Por isso somos quem somos   13
Noturno do Paraná do Ramos   17
Como um rio   23
O menino e o vento   25
Lição de escuridão   28
Já faz tempo que escolhi   30
Maria menina clara   31
Um ramo de orvalho para a moça que não vem mais   33
Não aprendo a lição   36

As ensinanças da dúvida   39
As ensinanças da dúvida   41
Os cânticos amassados   42
Memória da esperança   44
Fogo de frágua   45
Amor mais que imperfeito   46
[Quanto mais duvido]   48
[Se de verdade quero]   49
Quando a verdade for flama   50
Força centrípeta   51
O sonho domado   52
Viver é conviver   53
Para repartir com todos   54

A luz que alucina 57
[O meu filho morreu de madrugada] 59
[Ontem sonhei com três rinocerontes] 60

Amazonas, pátria da água 63

Faz mormaço na floresta 105
[Não quero que me cedas] 107
[A cuia morna do ventre] 108
[Calor molhado de sesta] 109
[É quando mordo a luz] 110
[Nunca sei como sou] 111
[Instinto de te ser] 112
[Toda a ciência, triste] 113
[É quando devagar] 114
[Noite no que faço] 115

Sobre o autor 119

Volto armado de amor
para trabalhar cantando
na construção da manhã.
Reparto a minha esperança
e canto a clara certeza
da vida nova que vem.

Um dia, a cordilheira em fogo,
quase calaram para sempre
o meu coração de companheiro.
Mas atravessei o incêndio
e continuo a cantar.

Ganhei sofrendo a certeza
de que o mundo não é só meu.
Mais que viver, o que importa
é trabalhar na mudança
(antes que a vida apodreça)
do que é preciso mudar.

Cada um na sua vez,
cada qual no seu lugar.

April is the cruellest month, breeding lilacs out of the dead land, mixing memory and desire [...]

T. S. Eliot

Por isso somos quem somos, estrelas de um só momento, mas cujo brilho ameaça a ordem do firmamento.

– Do Manduka,
o Manuelzinho meu filho.

NOTURNO DO PARANÁ DO RAMOS

§.
Antes do mais, viva a vida,
que livre e larga nos seja.
Do ferrão turvo da morte,
afinal sobrevivemos.

É verdade que nem todos.
Ninguém sabe quantos são
os nossos mortos. Talvez
jamais se possa contá-los.
De tantos sequer sabemos
o paradeiro de morte:
são os desaparecidos,
nomes de lista sinistra,
é tudo o que nos permitem.

Todos findaram sabendo
que estavam no bom combate.
Alguns morreram gritando
o nome da liberdade.
De cada um de nós depende
que não tenha sido em vão.
Com sua morte, já fazem
parte da vida que um dia
vai florescer neste chão.

§.

Sobrevivos. Mas não completamente.
Um pouco também morremos com eles.
Já não somos os mesmos. Todavia
agora muito mais somos quem somos,
porque a saber de trevas aprendemos
a nos olhar a face e atrás da face.
Encardidos de ciência, resguardamos
o límpido poder do coração.
Cambaio, o nosso andar agora sabe
sentir melhor o sonho e a dor do chão.
Noturnos, mas levando a claridão.

§.

É verdade que as mãos ainda se acanham,
temerosas do gesto solidário.
Nossa ternura, antes canção de relva
orvalhada, estremece agora tímida,
pela pele resvala protegida
de cinza e indiferença.
Já nem sabemos mais olhar fronteiros,
e a vontade de ver, quando já perto,
se vai mudando em medo de enxergar.
O hábito, a que os tempos de temor
nos obrigaram, ainda não perdemos
de esconder o perfil, o canto do olho
espreitando os morcegos escondidos.
Ração de fel diária, a desconfiança
ainda aparece, mais que em nosso prato,
dentro da própria fome, disfarçada

na pressa de engolir, no compromisso
inventado, caminho para a fuga
do simples e fraterno conviver.

§.

Para quem não viveu, convém contar.
A quem já se esqueceu, quero lembrar.
Era um tempo em que o clamor
dos oprimidos se erguia
no duro dizer das dores
em plena praça. Era um tempo
em que a esperança orvalhava
o sonho dos humilhados
e soterradas estrelas
surgiam rasgando rumos
nas consciências amassadas.
Lavradores descobriam
um poder novo nas mãos:
o de arrancar madrugadas
das escurezas do chão.
Contracantos vigilantes
os violões de rua anunciavam
as cores de uma aurora diferente.

Não haverá chegado esse clamor
aos ouvidos do Senhor dos Exércitos,
abafado talvez pelos rosários
dos que do Cristo fazem escudo do ódio.
Ousado foi bastante e cristalino
para, látego justo, amedrontar

os senhores de exércitos, ferir
conquanto levemente e com palavras
a pele dos mais podres privilégios.

Foi quando a grande besta levantou-se
com os números da traição na testa
e na fronte do povo derramou
o fedor do seu hálito de trevas.
De suas fauces viscosas
escorriam sentenças
(algumas com sotaque inconfundível)
proferidas em nome de Deus
(para que o amor pudesse ser negado),
em nome da Família
(para que as casas se dividissem)
e em nome da Pátria
(para que o país pudesse ser empenhado
e para que fosse vendido o nosso sonho).

§.
Por isso, meu amor, somos quem somos.
Tanto tempo vivemos tão vigiados
pelas pupilas vesgas
dos que têm medo da aurora,
que, aos poucos, começamos a esconder
não a foice de orgulho
que nos cala o cântico no peito,
mas a espada de estrelas
que nos defende a esperança.

Até que um dia anoitecemos nos vigiando
a esmeralda do amor, que só brilhava
nos subúrbios da sombra, entre meninos.

§.

É certo que recuperamos a fala.
Mas ainda não aprendemos a pronunciar
o nome das flores que arrebentam na praça.
Como a palavra cristalina queima,
muitos ainda preferem o aconchego dos enigmas
e sobretudo continuamos a nos ouvir
repetindo os compêndios corroídos
pelas traças inexoráveis dos erros.
Recuperamos a fala.
Mas as palavras de brasa,
as terríveis palavras perseguidas,
pelas quais nos amarraram a boca,
hoje entram em todas as casas,
proferidas a cores,
pelos antigos mordaceiros da luz,
mas lavadas por dentro,
esvaziadas de tudo o que nelas
era poder de pássaro e canção.

§.

De mãos encardidas,
de olhos manchados,
sobrevivemos.

Resguardamos o rumo e a esperança.
No caminho do amor ninguém se cansa,
porque se aprende a olhar de frente o sol.

Subindo o Paraná do Ramos,
primavera de 1980.

COMO UM RIO

Para o André

Ser capaz, como um rio
que leva sozinho
a canoa que se cansa,
de servir de caminho
para a esperança.
E de lavar do límpido
a mágoa da mancha,
como o rio que leva,
          e lava.

Crescer para entregar
na distância calada
um poder de canção,
como o rio decifra
o segredo do chão.

Se tempo é de descer,
reter o dom da força
sem deixar de seguir.
E até mesmo sumir
para, subterrâneo,
aprender a voltar
e cumprir, no seu curso,
o ofício de amar.

Como um rio, aceitar
essas súbitas ondas
feitas de águas impuras
que afloram a escondida
verdade nas funduras.

Como um rio, que nasce
de outros, saber seguir
junto com outros sendo
e noutros se prolongando
e construir o encontro
com as águas grandes
do oceano sem fim.

Mudar em movimento,
mas sem deixar de ser
o mesmo ser que muda.
Como um rio.

Na Freguesia do Andirá,
janeiro de 1981.

O MENINO E O VENTO

Para Sérgio Carneiro

Nesta manhã de domingo de verão,
sozinho na varanda desta casa
erguida aqui no meio da floresta
com a ajuda dos caboclos meus irmãos
– percebo que o vento ainda não chegou.
Estão imóveis as asas das palmeiras,
as flores mais altas dos cajueiros
brilham paradas na luz alucinante.
O canto dos pássaros parece de cristal,
gume sonoro cortando
a espessura da manhã.
As suas asas estremecem,
abrem caminhos no espaço
à procura do vento macio
que dança o dia inteiro
com as palmas das inajazeiras,
inventa cantigas de acalanto
e nos dá aviso dos barcos que chegam.

O vento só costuma ir embora
quando começa a anoitecer.
Vai lá para o outro lado do rio,
passa a noite passeando
pelas águas do Andirá,
só volta de madrugada.

Geralmente chega bem devagarinho,
brincando com o verde do capim-agulha.
Mas tem vezes que ele chega correndo
varando a floresta no meio da noite
para avisar ofegante
que o temporal já vem que vem danado.

Para onde é que foi o vento?,
perguntei uma noitinha ao Marcote,
o meu pequenino amigo,
frágil flor enferma
da fome de Barreirinha.
O vento foi descansar,
ele hoje trabalhou já demais,
o vento foi dormir lá no Andirá,
ele gosta lá das águas
— me respondeu com os olhos brilhando na noite
o menino meu companheiro,
que num anoitecer chuvoso nos deixou
e também está demorando a voltar.

Como a luz esgarçada de um fim de primavera,
lá se foi o Marcote, todo entrevado,
mordido pelos nervos da injustiça,
subindo as águas barrentas do Paraná do Ramos,
a tristeza de uma brisa balançando
as varandas de sua rede encardida.

Naquele entardecer eu sei que o vento
com quem ele conversava tanto,
não quis ir descansar lá no meio das águas.

Preferiu seguir junto com o menino
até entregá-lo, na cidade grande,
a ventos que ainda sopram solidários.

Nesta manhã de domingo de verão,
os seus olhos amendoados se entreabrem
numa sala de hospital de Ipanema,
onde lhe arrancaram do tórax
aberto com ciência e ternura
um tumor do tamanho de uma esperança apodrecida,
cujas raízes a ciência localiza
na altura cervical das vértebras
do caboclo menino. Na verdade,
estão fincadas na fundura escura
das lamas que afogaram a sua infância
num igapó de febre e indiferença.

No Porantim do Bom Socorro,
verão de 1980.

LIÇÃO DE ESCURIDÃO

Caboclo companheiro meu de várzea,
contigo cada dia um pouco aprendo
as ciências desta selva que nos une.

Contigo, que me ensinas o caminho dos ventos,
me levas a ler, nas lonjuras do céu,
os recados escritos pelas nuvens,
me avisas do perigo dos remansos
e quando devo desviar de viés a proa da canoa
para varar as ondas de perfil.

Sabes o nome e o segredo de todas as árvores,
a paragem calada que os peixes preferem
quando as águas começam a crescer.
Pelo canto, a cor do bico, o jeito de voar,
identificas todos os pássaros da selva.
Sozinho (eu mais Deus, tu me explicas),
atravessas a noite no centro da mata,
corajoso e paciente na tocaia da caça,
a traição dos felinos não te vence.

Contigo aprendo as leis da escuridão,
quando me apontas na distância da margem,
viajando na noite sem estrelas,
a boca (ainda não consigo ver) do Lago Grande
de onde me fui pequenino e te deixei.

De novo no chão da infância,
contigo aprendo também
que ainda não tens olhos para ver
as raízes de tua vida escura,
não sabes quais são os dentes que te devoram
nem os cipós que te amarram à servidão.

Nos teus olhos opacos
aprendo o que nos distingue.
Já repartes comigo a ciência e a paciência.
Quero contigo repartir a esperança,
estrela vigilante em minha fronte
e em teu olhar apenas um tição
encharcado de engano e cativeiro.

Barreirinha, 1981.

JÁ FAZ TEMPO QUE ESCOLHI

A luz que me abriu os olhos
para a dor dos deserdados
e os feridos de injustiça,
não me permite fechá-los
nunca mais, enquanto viva.
Mesmo que de asco ou fadiga
me disponha a não ver mais,
ainda que o medo costure
os meus olhos, já não posso
deixar de ver: a verdade
me tocou, com sua lâmina
de amor, o centro do ser.
Não se trata de escolher
entre cegueira e traição.
Mas entre ver e fazer
de conta que nada vi
ou dizer da dor que vejo
para ajudá-la a ter fim,
já faz tempo que escolhi.

Rio de Janeiro, 1981.

MARIA MENINA CLARA

Abriste os olhos, Maria
menina clara, num dia
em que a vida era a aventura
de um sábado pela Gávea,
e eis que te viste instalada
neste humano mundo nosso
que agora também é teu.

Por esperada, já sabes
que precisamos de ti.
(Conquanto faças de conta
que ainda não sabes de nada.)
Já chegaste inaugurando
um jeito novo de amor.
Quando te viu (pequeninos
teus braços querendo a vida),
tua Lúcia mãe chorou.
Maria Clara menina,
não era pranto, era um canto
diferente de alegria,
que teu ser, de amor gerado,
no peito dela acendia.

Não temos para te dar
um mundo melhor. Não fomos
capazes de preparar

um chão fraterno, banhado
pela glória de viver.
Não foi por falta de empenho.
São tantos, contudo poucos,
os que pelejam cantando
(teu pai Marcelo é quem sabe)
pela força da esperança
para que o mundo mereça
a chegada de uma criança.

Chegas num tempo marcado
pela dor da servidão,
os homens mal soletrando
a lição de ser irmão.
Na antemanhã que te espera
a injustiça é treva densa
e o orvalho que cai não lava
as cinzas da indiferença.

Maria Clara menina,
já chegaste inaugurando.
Agora sabes melhor
por que de ti precisamos.
Que tua fronte estrelada
reparta a luz e a canção
e nos ajude a encontrar
o rumo da claridão.

Rio de Janeiro,
primavera de 1980.

UM RAMO DE ORVALHO
PARA A MOÇA QUE NÃO VEM MAIS

Em cima da mesa, a carta
dentro do envelope azul.
Chegou dentro da manhã.
Ficou noite, mas a carta
permanece como veio:
fechada, guardando a vida.

Guardando vida. Lateja
na letra elétrica e leve
a ânsia de pequeno pássaro
querendo voar, e perdido
– ânsia de asas, e lateja.

O nome de sua amiga
(confiança é a destinatária)
e o endereço desta casa
erguida na alta floresta
– escritos por sua mão
que já nem sequer sabia
como agarrar e reter
a esmeralda da alegria –
gravam, gritando, a canção
quase inaudível de dor,
de quem precisa fugir,

de quem precisa se achar,
de quem precisa de amor;
mostram mágoas de aflição
de quem tem pressa e não sabe
se vai chegar.
     (De chegar
ela tratava.)

     E aparece
na derradeira palavra
– do envelope e porventura
da mão da moça: Amazonas –
à sombra de algo que dança:
brisa, pétala, esperança.

A carta veio no vento
e azul chegou na floresta,
o lugar que ela escolhera
para chegar. Onde a luz
já se queria lavando
seu doce olhar machucado,
um orvalho já a esperava
para envolver sua tristeza
na espessura da manhã,
e onde as palmas já teciam
um cântico de aconchego
para a moça. Mas a moça
não chegou. Nem vai chegar.

Fechada, em cima da mesa,
dentro do envelope azul,
cheia de vida
                (do resto
que de vida ainda mordia
seu coração)
                    está a carta.
Vida chegada já quando
os ventos, vergando verdes,
gemiam dores de morte.

Porque a carta que chegou
dentro do envelope azul
– depois de romper espaços
   ferozes de indiferença
   e abrir seu tímido rumo
   nas selvas da solidão –
era – é – da moça que vinha
na esperança de aprender
outra vez a soletrar
os fonemas da esperança.
Mas antes dela e da carta,
ai, quem chegou foi a foice
da notícia,
           foice,
           coice,
de que a moça se matou.

                Barreirinha,
                julho de 1980.

NÃO APRENDO A LIÇÃO

A lição de conviver,
senão de sobreviver
no mundo feroz dos homens,
me ensina que não convém
permitir que o tempo injusto
e a vida iníqua me impeçam
de dormir tranquilamente.
Pois sucede que não durmo.

Frente à verdade ferida
pelos guardiães da injustiça,
ao escárnio da opulência
e o poderio dourado
cujo esplendor se alimenta
da fome dos humilhados,
o melhor é acostumar-se,
o mundo foi sempre assim.
Contudo, não me acostumo.

A lição persiste sábia:
convém cabeça, cuidado,
que as engrenagens esmagam
o sonho que não se submete.
E que a razão prevaleça
vigilante e não conceda
espaços para a emoção.

Perante a vida ofendida
não vale a indignação.
Complexas são as causas
do desamparo do povo.
Mas não aprendo a lição.
Concedo que me comovo.

*Rio de Janeiro,
abril de 1981.*

AS ENSINANÇAS DA DÚVIDA

AS ENSINANÇAS DA DÚVIDA

Tive um chão (mas já faz tempo)
todo feito de certezas
tão duras como lajedos.

Agora (o tempo é que o fez)
tenho um caminho de barro
umedecido de dúvidas.

Mas nele (devagar vou)
me cresce funda a certeza
de que vale a pena o amor.

OS CÂNTICOS AMASSADOS

§. Duvido do caminho
forrado com as folhas
da esperança e do sangue
e, contudo, desune
os que por ele seguem
procurando a aurora
cuja espada ceife
as sombras que separam
os homens dos homens.

Do poder duvido
de aurora que não seja
levantada do amor,
capaz de unir as frontes
queimadas pela fome
e a sede de justiça,
que não sonham herdar
a terra, e tão-somente
lutam por merecer
a vida repartida,
pão de gosto fraterno,
entre os homens na terra.

Duvido se duvido
do caminho, da aurora
ou de quem vai querendo

do caminho ser dono,
e cego de vanglória
amassa sob os pés
os cânticos do chão,
sem confiar na mão
que companheira vem
faz tempo se ferindo
humilde e fiel na busca
da mesma claridão.

No mar Atlântico,
verão de 1981.

MEMÓRIA DA ESPERANÇA

§. Na fogueira do que faço
por amor me queimo inteiro.
Mas simultâneo renasço
para ser barro do sonho
e artesão do que serei.
Do tempo que me devora
me nasce a fome de ser.
Minha força vem da frágil
flor ferida que se entreabre
resgatada pelo orvalho
da vida que já vivi.
Qual a flama que darei
para acender o caminho
da criança que vai chegar?
Não sei. Mas sei que já dança,
canção de luz e de sombra,
na memória da esperança.

30 de março, 1981,
dia dos meus 55 anos.

FOGO DE FRÁGUA

§. Sei que sou porque já fui
quando for no que serei.
O futuro se urde em mim
agora (quando? passou)
no centro fugaz da frágua
do presente, cujo fogo
se acende nas brasas
– que nunca se apagam –
e nas cinzas invisíveis
– que nunca se esfriam –
de tudo que já passou.
Sei que sou porque já fui
quando for no que serei.

Verão no Porantim, 1980.

AMOR MAIS QUE IMPERFEITO

§. Não do amor. De mim duvido.
Do jeito mais que imperfeito
que ainda tenho de amar.

Com frequência reconheço
a minha mão escondida
dentro da mão que recebe
a rosa de amor que dou.
Me espiando o próprio olhar,
escondido atrás estou
dos olhos com que me vês.
Comigo mesmo reparto
o que pretende ser dádiva,
mas de mim não se desprende.

Por mais que me prolongue
no ser que me reparte,
de repente me sinto
o dono da alegria
que estremece a pele
e faz nascer luas
no corpo que abraço.

Não do amor. De mim duvido
quando no centro mais claro

da ternura que te invento
engasto um gosto de preço.
Mesmo sabendo que o prêmio
do amor é apenas amar.

Barreirinha,
março de 1981.

§. Quanto mais duvido
    do fulgor que submete
    o olhar, do resplendor
    que confunde e não pede
    o aconchego da sombra,
    mais seguro fico
    de que a verdadeira luz
    (a de que a aurora é feita)
    da luz não se separa.

                    Manaus, 1980.

§. Se de verdade quero
dar toda a minha vida
pela causa do amor,
melhor convém que eu fale
menos e mais me faça
capaz de dar meu dia
(a vida é muito longa)
fazendo a minha parte
devagarinho, certo
de que é pouco o que faço,
para que amor um dia
entre os homens triunfe.
E não faz mal se a causa
(se olho bem ao redor
de mim e sobretudo
dentro da minha vida)
já pareça perdida.

Para Paula e França,
irmãos de combate.
Campos dos Goitacazes, 1980.

QUANDO A VERDADE FOR FLAMA

§. As colunas da injustiça
sei que só vão desabar
quando o meu povo, sabendo
que existe, souber achar
dentro da vida, o caminho
que leva à libertação.
Vai tardar, mas saberão
que esse caminho começa
na dor que acende uma estrela
no centro da servidão.
De quem já sabe, o dever
(luz repartida) é dizer.
Quando a verdade for flama
nos olhos da multidão,
o que em nós hoje é palavra
no povo vai ser ação.

Rio de Janeiro, 1980.

FORÇA CENTRÍPETA

§. Cumpri bem o meu dia.
Finquei mais um esteio
da morada que sonho.
Com crianças reparti
o sal da minha mesa.
Ajudei a plantar
na treva um grão de fogo.

Mas nem por isso a noite
me pode ser bem-vinda.
Muito bem sei que mais
e melhor poderia
ter feito se não fora
tão voraz a centrípeta
força do meu umbigo.

*Na aldeia de Molongotuba,
junto com os índios Maué,
março de 1980.*

O SONHO DOMADO

§. Sei que é preciso sonhar.
campo sem orvalho, seca
a fronte de quem não sonha.
Quem não sonha o azul do voo
perde o seu poder de pássaro.
A realidade da relva
cresce em sonho no sereno
para ser não relva apenas,
mas a relva que se sonha.
Não vinga o sonho da folha
se não crescer incrustado
no sonho que se fez árvore.

Sonhar, mas sem deixar nunca
que o sol do sonho te arraste
pelas campinas do vento.
É sonhar, mas cavalgando
o sonho e inventando o chão
para o sonho florescer.

VIVER É CONVIVER

§. De que vale, me indago,
a extrema transparência
da palavra em que ponho
todo o amor que em meu peito
lateja, se não sei
por inteiro me dar
natural e fraterno
na humana convivência.

Com palavras é fácil
(por muito que me custe)
conviver. Com a vida
(e a vida são os outros)
não só de mim depende.
Sei que não me respondo.
E neste saber triste
mais meu amor escondo.

Rio de Janeiro, 1980.

PARA REPARTIR COM TODOS

Com este canto te chamo,
porque dependo de ti.
Quero encontrar um diamante,
sei que ele existe e onde está.
Não me acanho de pedir
ajuda: sei que sozinho
nunca vou poder achar.
Mas desde logo advirto:
para repartir com todos.

Traz a ternura que escondes
machucada no teu peito.
Eu levo um resto de infância
que meu coração guardou.
Vamos precisar de fachos
para as veredas da noite
que oculta e, às vezes, defende
o diamante.
               Vamos juntos.
Traz toda a luz que tiveres,
não te esqueças do arco-íris
que escondeste no porão.
Eu ponho a minha poronga,
de uso na selva, é uma luz
que se aconchega na sombra.

Não vale desanimar
nem preferir os atalhos
sedutores que nos perdem,
para chegar mais depressa.

Vamos achar o diamante
para repartir com todos.

Mesmo com quem não quis vir
ajudar, falto de sonho.
Com quem preferiu ficar
sozinho bordando de ouro
o seu umbigo engelhado.
Mesmo com quem se fez cego
ou se encolheu na vergonha
de aparecer procurando.
Com quem foi indiferente
e zombou das nossas mãos
infatigadas na busca.
Mas também com quem tem medo
do diamante e seu poder,
e até com quem desconfia
que ele exista mesmo.
     E existe:
o diamante se constrói
quando o procuramos juntos
no meio da nossa vida
e cresce, límpido cresce,
na intenção de repartir
o que chamamos de amor.

Porantim/Rio, 1981.

A LUZ QUE ALUCINA

§. O meu filho morreu de madrugada.
Ele era como um girassol vermelho
como um cavalo sempre de perfil
uma avestruz que recusava a areia
a tulipa gelada num vulcão.
Tinha medo de ser um companheiro,
tinha espinhas lilases na garganta
e uma vontade que lhe anoitecia
de romper o segredo dos cristais.
Mas era um curió quando a manhã
chegava nas subidas da montanha
recobertas de um musgo imperdoável.
O meu filho está morto aqui a meu lado:
as estrelas que pulam dos seus olhos
iluminam os meus erros mais antigos.
Mas do seu tornozelo se ergue um canto
que me apazigua, porque mostra os pregos
que lhe foram fincados pelas águas
que navegamos cegos e abraçados
como se abraçam pássaros fugindo.

No sol do
Amazonas, 1979.

§. Ontem sonhei com três rinocerontes
que me chamavam, rosas no unicórnio,
pelo nome que tive de menino.
Mordidos pelos pássaros noturnos,
pupilas assombradas, me chamavam
a com eles partir, antes da aurora,
para o lugar onde as estrelas nascem,
enquanto se afundavam numa lama
coberta de ametistas e de garças.
Quero ficar. Mas antes que se afundem,
a pele, peço, a pele que me deixem,
em carne viva sigam pelos pântanos,
mas a pele me deixem, que proteja
o que no peito meu finda de infância.

Barreirinha, 1980.

AMAZONAS, PÁTRIA DA ÁGUA

Nesta bacia drenada pelo rio por excelência, mais cedo ou mais tarde se há de concentrar a civilização do globo.

Humboldt

*Com Iacy e Moura Tapajóz
e Leila e Joel Cruz,
amigos achados
no retorno ao meu rio.*

§.   Da altura extrema da Cordilheira, onde as neves são eternas, a água se desprende e traça um risco trêmulo na pele antiga da pedra: o Amazonas acaba de nascer. A cada instante ele nasce. Descende devagar, sinuosa luz, para crescer no chão. Varando verdes, inventa o seu caminho e se acrescenta. Águas subterrâneas afloram para abraçar-se com a água que desceu dos Andes. Do bojo das nuvens alvíssimas, tangidas pelo vento, desce a água celeste. Reunidas elas avançam, multiplicadas em infinitos caminhos, banhando a imensa planície cortada pela linha do Equador.

§.   Planície que ocupa a vigésima parte da superfície deste lugar chamado Terra, onde moramos. Verde universo equatorial que abrange nove países da América Latina e ocupa quase a metade do chão brasileiro. Aqui está a maior reserva mundial de água doce, ramificada em milhares de caminhos de água, mágico labirinto que de si mesmo se recria incessante, atravessando milhões de quilômetros quadrados de território verde.
É a Amazônia,
a pátria da água.

§.   É a Grande Amazônia, toda ela no trópico úmido, com a sua floresta compacta e atordoante, onde ainda palpita, intocada e em vastos lugares jamais surpreendida pelo homem, a vida que se foi urdindo em verdes desde o amanhecer do Terciário. Intocada e desconhecida em muito de sua extensão e de sua verdade, a Amazônia ainda está sendo descoberta.

Iniciado há quatro séculos, o seu descobrimento ainda não terminou. E, no entanto, pelo que já se conhece da vida na Amazônia, desde que o homem a habita, ergue-se das funduras das suas águas e dos altos centros de sua selva um terrível temor: o de que essa vida esteja, devagarinho, tomando o rumo do fim.

> §. *Vem comigo, é claro o tempo*
> *e sopra o vento geral.*
> *Vamos devagar, remando,*
> *na água negra transparente,*
> *tomando todo cuidado*
> *para que a proa do casco*
> *não vinque a fímbria da luz.*
> *Vem comigo descobrir*
> *as fontes verdes da vida.*
> *Mas contigo traz amor,*
> *para com dor aprender.*

§. A este universo de água e de terra, de rio e de selva, chegou o homem. É recente a sua chegada. Só há dez mil anos, já sabem os cientistas, chegaram os índios à Amazônia e dela fizeram a sua morada. É portanto esse o tempo de sua fundação, do seu verdadeiro começo: o homem chegando para permanecer e para amar.

§. Da história desse homem primitivo, quer dizer, o que chegou primeiro, mais adiante um pouco eu vou contar. Assombroso contar. Porque é quase nada o que dele ainda resta, escondido nos longes espessos da selva, agarrado ao sol da sua inocência.

§.   Depois os outros chegaram. Os chamados brancos, com a cruz e o arcabuz, e o sangue que ia ajudar a compor uma nova etnia, ao longo de quatro séculos de aventura humana. Aventura que se prolonga, ainda hoje, marcada pelo signo do desamor. Só que mais feroz. Extração, saque, destruição, extermínio. Como desde o primeiro dia, os de fora continuam a chegar, cada vez mais poderosos de ciência e cobiça, sabendo mais do que nós. A Amazônia, contudo, nos espera, a nós, que a abandonamos.

>   §.   *Como os caboclos empurram um batelão*
>   *que dormiu atracado na beira da várzea*
>   *e amanheceu encalhado*
>   *porque de noite as águas desceram demais,*
>   *assim nós te empurramos para o futuro,*
>   *encalhada Amazônia,*
>   *pelos pântanos da nossa indiferença,*
>   *sobre os cedros balofos da retórica*
>   *que mal nos ajudava a te esquecer.*
>
>   *Te guardávamos para um futuro*
>   *encoberto pela cerração da friagem,*
>   *como se as raízes de tuas árvores,*
>   *o canto de teus pássaros noturnos,*
>   *o sonho mineral do teu chão,*
>   *os mananciais de tuas águas,*
>   *estivessem estagnados, defendidos*
>   *no cerne de uma abstração do tempo.*
>
>   *Como quem se desvia*
>   *da caranguejeira peluda,*

como quem bota de lado
o paneiro que incomoda,
como quem afasta os olhos
da coruja que te espia,
como quem deixa para depois,
um dia quando,
o plantio difícil de ser feito
e faz de conta que o rangido
na cumeeira rachada
é só o vento,
ora é o vento e nada mais
– assim te deixamos encalhada
   nos limos apodrecidos do descaso
   à espera de que o acaso
   de uma enchente imaginária
   te fizesse flutuar
   ao encontro do teu rumo esquecido,
   perdido na fundura das águas.

§.   Este é o rio que Vicente Pinzón olhou em 1500, sem saber que já havia abandonado o Atlântico e ingressava na foz de um oceano de águas doces. Santa Maria de la Mar Dulce. Era o Amazonas varado pela quilha das caravelas primeiras. O Paraná-açu dos índios que habitavam as suas margens. Foram muitos os seus nomes:
Mar Dulce,
o rio de Orellana,
Marañon,
o Guieni dos índios aruaques,
Parauaçu dos tupis,
rio de las Amazonas,

o Grande rio das Amazonas,

o rio Amazonas, que percorre mais de seis mil quilômetros, desde o fio de água que desce do Lago Lauri, Lauricocha, na cabeça dos Andes, desce também de Vilcanota, e vai tomando corpo no Urubamba, águas de barro ganha no Ucayali e logo se engrossa no caudal do Solimões na selva peruana, encontra a sua calha principal entrando no Brasil levando o mesmo nome, entre as árvores que vai arrancando das margens, até encontrar-se com o Negro, território de mistério, as águas barrentas de um jamais se misturando com as pretíssimas do outro, mas é ali que ele se faz Amazonas propriamente dito, impetuoso varando o profundo Estreito de Breves para encontrar-se com o mar Atlântico e empurrar para trás as águas do oceano até enormes distâncias.

É verdade que o mar se vinga. Reúne as suas forças salgadas e retorna com fúria, em ondas de muitos metros de altura, que rolam grossas e com grande estrondo por sobre as águas do rio, derrubando margens, afundando batelões e navios.

§. A lei do rio não cessa nunca de impor-se sobre a vida dos homens. É o império da água. Água que corre no furor da correnteza, água que leva, água que lava, água que arranca, água que se oferta cantando, água que se despenca em cachoeira, água que roda no rebojo, água que vai, ainda bem que começou a baixar, mas de repente volta em repiquete, água de rio que quase não corre, um perigo quando o vento vem, ela se agarra no vento para poder voar, água parada no silêncio do igapó. Água de fundura muita, mais de cem braças de fundo, no silêncio do abismo se movem lentas as gigantescas piraíbas cegas. Igarapés estreitos, como o do Pucu, com o encanto de suas curvas que me conhecem tanto, pode vir a maior vazante que eles nunca se fecham secos, jamais mostram o fundo de seus leitos. Água rasa transparente, água rasa barrenta, onde as arraias se espalham de manhã cedinho. Água de boca de lago, água redonda de cabeceira de rio. Água imóvel: no lago do Marcelo, ali atrás do Paraná-mirim da Eva, quando o uirapuru canta, toda a floresta fica silenciosa, os outros pássaros param de cantar e as águas também ficam imóveis, escutando, de vez em quando a pele delas estremece. Água atravessada de capim de margem a margem, água coberta de chavascal, a gente caminha por cima da espessa vegetação entrelaçada. Água de doenças: água de ameba, água da febre negra. Mas também água de cacimba: no ardor úmido da selva, o olho d'água se ofertando frio, nunca para de minar. As águas barrentas do Solimões, do Madeira, do Juruá, do Purus. As azuis do Tocantins, as verdes do Tapajós, do Xingu. As águas negras de todas as cores do rio Andirá.

§. É o Amazonas e o seu ciclo das águas. Tempo das "primeiras águas", quando o rio dá sinal de que tem vontade de crescer. Tempo de enchente, tempo de vazante. É o regime das águas condicionando e transformando a vida do homem amazônida ao longo das etapas do ano. Em qualquer lugar do Amazonas. Não só no interior das florestas, na beira dos rios. Também nas cidades e nos principais centros da região – o homem sofre os efeitos, generosos ou adversos, da subida ou da descida das águas. Na sua casa, na sua comida, no seu trabalho de cada dia. O regime das águas é um elemento constante no cálculo da vida do homem. Porque são também ciclos econômicos. Grandes vazantes significam fartas colheitas: a terra da várzea inundada é fertilizada pelo rio, que lhe acrescenta em sais minerais e matérias orgânicas. É tempo de grandes pescarias, tempo de bom plantar. Grandes cheias correspondem a duras calamidades e amargas misérias: o peixe se esconde nos lagos de remanso, aos quais se chega pelos varadouros da mata, as plantações são destruídas, o gado tem que ser levado para as alturas da terra firme ou então é reunido às pressas na "maromba", exíguo curral erguido sobre esteios acima das águas, as sucurijus espreitando; o soalho das casas fica submerso, as cobras se aproximam no faro dos animais domésticos. O homem fica à mercê do rio. Mas não desanima: espera pela vazante e alteia o soalho, e aproveita a terra enriquecida pela enchente. O rio diz para o homem o que ele deve fazer. E o homem segue a ordem do rio. Se não, sucumbe.

> §.   *Eu venho desse reino generoso,*
> *onde os homens que nascem dos seus verdes*
> *continuam cativos esquecidos*
> *e contudo profundamente irmãos*
> *das coisas poderosas, permanentes*
> *como as águas, os ventos e a esperança.*
> *Vem ver comigo o rio e as suas leis.*
> *Vem aprender a ciência dos rebojos,*
> *vem escutar os cânticos noturnos*
> *no mágico silêncio do igapó*
> *coberto por estrelas de esmeralda.*

§. É tempo de dizer que é dolorido, para mim, caboclo do Amazonas, dizer da verdade da vida que reúne, e desune mais que une, as águas, as florestas, os animais e os homens da Amazônia. Acabo de subir e descer todo o rio Solimões, desde o seu encontro com o

Negro, bem pertinho de Manaus, até o triângulo amazônico que forma o Brasil com o Peru e a Colômbia. A brasileira Tabatinga e a colombiana Leticia, uma contígua à outra, e na frente delas, do outro lado do rio, a pequenina e valente Ramón Castilla peruana, já onze vezes destruída pela força das águas que lhe carregam as terras de várzea. Foram dias e dias de viagem, a subida contra a correnteza, numa pequena embarcação a motor de centro. Tempo de enchente, o rio crescido alagando a várzea, derrubando casebres e árvores. Às vezes eram horas e horas de viagem, sem encontrar uma criatura humana. Só, de repente, um bando de garças, cruzando, alvíssimas, a transparência da tarde. E subitamente, numa curva de rio, uma pequenina canoa, escavada num tronco inteiriço de itaúba, beirava o barranco, o caboclo na proa acenando com o remo, no gesto de quem chama, precisado de valia. O olhar bom, o rosto luminoso. Mas sofrido: um filho menino lhe vinha de morrer, sem nenhuma assistência, devorado de febres. Aprendi com aquele irmão de águas que em tempos doloridos é preciso trabalhar com esperança na construção da alegria.

§. O rio diz para o homem. Sucede que a floresta não pode dizer. A floresta não anda. A selva fica onde está. Fica à mercê do homem. Por isso é que há quatro séculos o homem vem fazendo da floresta o que bem quer, sempre que pode. Com ela e com tudo o que vive nela, dentro dela. A floresta entrega o que tem. São séculos de doação do que a floresta amazônica tem de bom para a vida do homem da região e das mais afastadas partes da terra. Sobretudo para os homens da Europa e da outra

América, que são, ao longo da escura história da exploração dos recursos naturais da Amazônia, os que melhor fruíram e mais se enriqueceram com as riquezas da nossa floresta.

§. São trezentos e cinquenta milhões de hectares, são setenta bilhões de metros cúbicos de madeira em pé. Um terço da reserva mundial de florestas.

§. Como no Gênesis flutuava a cara de Deus, hoje é a esperança que paira sobre a face das águas do meu rio. Que ainda paira. Apesar de tudo. Apesar da destruição, do saque de suas riquezas, do desflorestamento impiedoso, da fauna ameaçada e sobretudo do desamparo do homem ribeirinho – a esperança amazônica resiste. O coração do homem não se cansa. Se, de tão malferida, a floresta se cansa, este o nosso grande temor. Temor, quem sabe um tremor, que não seja apenas um arrepio, começa a percorrer o corpo tão magoado desta nação. E a alma jovem do país se ergue, espanto indignado, para aprender a soletrar os fonemas verdes da floresta ameaçada.

> §. *Enfim te descobrimos. Foi preciso*
> *que as águas mais azuis apodrecessem,*
> *que os pássaros parassem de cantar,*
> *que peixes fabulários se extinguissem,*
> *e tua pele verde fosse aberta*
> *pelas garras de todas as ganâncias.*

§. O saque começou pelas drogas do sertão. Desde quando os europeus chegaram, na busca das especiarias. Era o cravo, era a pimenta, a canela, a baunilha, a salsa, a alfavaca. No travo de um comarim, todo o segredo da selva.

                    A extração continua até os dias de hoje, cada vez mais impiedosa. De suas essências, a principal delas a do pau-rosa, o privilegiado fixador de perfumes. Os seus produtos medicinais, extraídos de folhas, flores, raízes e cascas de árvores: a andiroba, a copaíba, o sumo da casca da mungubeira, o curare milagroso e maligno, e a extraordinária quina, nativa do nosso chão. Os alucinógenos: ipadu, iagê, paricá, o dirijo, o caapi dos sonhos telepáticos. O guaraná estimulante que os índios Maué descobriram e até hoje cultivam.

§. O cacau, pouca gente sabe, é originário da Amazônia. Ganhou fama quando foi para a Bahia. O mundo inteiro consome a chamada "castanha-do-pará", tão rica de gordura, proteína e sais minerais. Cabe uma louvação das frutas da minha floresta. Não só pelo sabor delas danado de bom. A gente do interior vive mesmo é de farinha de mandioca e de peixe. Mas quando a farinha acaba e quando o peixe escasseia, são as frutas que apaziguam a fome e garantem a sobrevivência das populações ribeirinhas, particularmente a das crianças. Cupuaçu, o veludo perfumado da casca do estojo ovalado onde se abrigam os bagos carnudos, o menino fica um tempão chupando o caroço, o sumo nunca se acaba. O refresco, o vinho, o doce de cupuaçu. Graviola madura, sensual, a polpa branca brilhando, uma das grandes dá para uma família inteira. Quatro abençoados frutos de palmeiras: o tucumã, a pupunha, o açaí e a bacaba, quando chega o tempo deles a gente nem se lembra da fome. Caju tem de tanto que a gente nem espanta os passarinhos, os ingazeiros se vergam carregados, as crianças vão só apanhando os mais compridos, não faz mal que ainda estejam de vez. Mas louvo mesmo é a banana-pacovã, a chamada banana-grande, assada na brasa com casca e tudo, alimento de primeira num mingau com castanha.

§. Olha aqui comigo, mesmo de relance, a marca funda, conquanto suja, que deixou na vida e na alma da Amazônia a qualidade das seivas e gomas elásticas da selva. A borracha. A famosa *Hevea Brasiliensis*, fundamento de todo um período histórico da vida social e econômica da região, durante o qual a Amazônia conheceu extremos de opulência e de miséria. Milhares de homens, muitos vindos de outras paragens do Brasil, particularmente do Ceará e do Maranhão, se adentram pela mata para extrair o leite das seringueiras.

Entre 1895 e 1909, a Amazônia exporta mais de 400 mil toneladas de borracha, pagas pelos europeus a preço de ouro. Em Manaus, Belém e Iquitos (no Peru), vivia-se a grande vida. Tempo de luxo e de elegâncias, palácios no meio da selva. Com o dinheiro da borracha ergue-se o Teatro Amazonas, até hoje um orgulho desta castigada Manaus, que só envolve o turista com os acenos da amaldiçoada Zona Franca. As mais famosas companhias da Europa vinham seguidamente fazer temporadas no Teatro, nem passavam pelo Rio de Janeiro. Os mármores vinham de Carrara. Da Baviera vinham os cristais. Da França vinham os vinhos e as mulheres. A borracha importava tudo, até a boemia e a vida noturna da cidade, com os seus luxuosos cabarés onde a champanha borbulhava e uma carícia mais quente valia fortunas. A vida era uma festa.

§. Festa. Mas não para todo mundo. Em toda a história do mundo capitalista, nenhuma riqueza se cria sem a pobreza e o sofrimento de muitos. A velha lei da exploração do homem pelo homem. Toda essa riqueza – gerada por um sistema que ligava os donos dos seringais às casas exportadoras, as quais, por sua vez, representavam o capital europeu – nascia em verdade da árvore sangrada no centro da floresta pelo seringueiro. Era esse homem o verdadeiro gerador da riqueza. Os seringueiros, contudo, viviam como escravos. Saídos de Manaus, os que chegavam de outras partes do Brasil, numa espécie de *gold rush*, e outros arrebanhados pelas cidades ribeirinhas, os caboclos que partiam para o interior da selva, lá já chegavam devendo ao patrão: devendo, para começar, o preço (ao gosto do patrão) da viagem de navio, de Manaus, até a sede do seringal. Devendo, depois de lá chegar, o material de trabalho, o terçado, as tigelinhas, o querosene, a gordura, a rede – tudo enfim de que ele precisava para viver e trabalhar, embrenhado na selva, onde ele teria que construir, sozinho ou com outro companheiro, o seu barraco. E sem a família, e sem mulher. Onde ele era proibido de plantar, de cultivar a sua cultura de subsistência. Proibido até de pescar. Para depender em tudo do "barracão" – o armazém do patrão que lhe abastecia de víveres e com o qual ele ficava permanentemente em dívida. A borracha que o seringueiro trazia, ao fim de cada mês, era comprada e paga a preço aviltado, a critério do dono do seringal. O caboclo nunca tinha "saldo". Ficava escravo do seringal, de onde não podia sair mais. Os que fugiam eram caçados a bala. Enquanto isso acontecia na brenha das selvas, enriqueciam os exportadores e os coronéis de barranco.

(Escrevo para quem tem juventude. Acho bom relembrar essa história que nos envergonha e que, de resto, já foi muito contada e já serviu de pasto a nem sempre abençoada literatura. É bom lembrá-la simplesmente porque ela ainda não acabou. De algum modo ela ainda persiste, abrandada nos métodos, na vida dos seringais do Madeira, do Juruá, do Acre – hoje, quando ganha corpo, no Amazonas, através do plantio extensivo de seringueiras, o empenho oficial de fazer com que a região volte a ser grande produtora de borracha natural.)

Sucedeu que em 1873 o diretor do Jardim Botânico de Kew, na Inglaterra, solicitou a um patrício que andava pelo Amazonas, um Mister James Collins, sementes de nossa seringueira nativa. Pois as sementes chegaram ao outro lado do mar. Levadas em sacas escondidas, e plantadas pelos ingleses na Malásia, as sementes vingaram em 1881. Depois em Java, e na Sumatra. Em 1911 o Amazonas produz 45 mil toneladas, enquanto as seringueiras da Malásia apenas 8 mil. Mas em 1920 a asiática alcançava 360 mil toneladas e a do Amazonas descia a 8 mil, vendidas a preços miseráveis. Era o fim do ciclo da borracha. E um saldo de milhões de seringueiras murchas.

§. A extração de madeiras da floresta, iniciada desde o instante em que o primeiro índio derrubou a primeira árvore para fazer a sua canoa e construir a sua maloca, nunca mais cessou. E tomara que não cesse nunca. Este necessário uso da floresta faz parte do processo cultural, resultante do convívio, da interação entre homem e natureza. O caboclo não poderia sobreviver sem a ajuda da floresta. Que ainda hoje prepara a sua comida, no fogão de barro, com a lenha que ele vai tirar no mato. É na floresta que ele vai buscar a sua casa: os esteios de itaúba, as vigas e travessas de louro preto, os moirões de acariquara, o assoalho de sucupira. Os bancos, as gamelas, as mesas. Os galpões de paxiúba. De um tronco de itaúba preta o índio e o caboclo fazem a sua embarcação inteiriça de proa a popa: o chamado "casco". Diferente da canoa, armada de várias peças, como as embarcações maiores, os "motores", alguns de até 30 metros, obra dos mestres carpinteiros que aprenderam sozinhos a arte de falquejar, de aparelhar a madeira com a enxó, às vezes só com o machado, a madeira fica lisinha que até parece que passou pela plaina. O caboclo usa a floresta, não a devasta. Outra coisa é a destruição da floresta. A extração descriteriosa e cega das nossas madeiras. As grandes empresas exportadoras de madeira não descansam e nem são vigiadas no seu empenho destruidor. Navios cargueiros imensos, de bandeira estrangeira, chegam não precisamente aos portos mas às beiras dos barrancos de nossos rios e partem dias depois levando toneladas e toneladas de nossas madeiras mais nobres. "Venha ver a sua floresta!", me convidou, ao me saber do Amazonas, um funcionário do porto de Hamburgo, um dia do meu exílio na Alemanha. Eram toras e toras cobrindo grande extensão do porto, tudo madeira de lei, algumas de diâmetro maior que a minha altura.

Cada dia aumenta mais o desflorestamento. A floresta amazônica, fragmentada em toros de madeira, espremida na superfície dos compensados, hoje é levada para todos os lugares do mundo. Sucede que tantas vezes ela é simplesmente devastada, consumida pela ganância, que não pode perder tempo, das grandes empresas agropecuárias. É momento de lembrar que cinquenta por cento do oxigênio que a humanidade respira é produzido pela floresta amazônica. Ela não para de trabalhar, dia e noite, para servir à necessidade fundamental do homem: o ar que ele respira. Mas é esse mesmo homem que não se cansa de destruir a floresta generosa. Guardemos bem este número: mais de 10 milhões de metros cúbicos de madeira estão sendo extraídos anualmente de nossa floresta. Isto quer dizer mais de 3 milhões de árvores. Sem contar os outros tantos milhões que foram necessariamente abatidos para a construção das grandes estradas transamazônicas dos anos recentes. É assustador o desmatamento da floresta que constitui, faço questão de repetir, a última grande reserva vegetal do planeta. Já houve, inclusive, a utilização do herbicida Dioxim, usado na Guerra do Vietnã, que mata a clorofila. Empresas multinacionais, empenhadas na criação de gado bovino na Amazônia, estão destruindo pelo fogo grandes extensões de floresta, são muitos milhares de hectares, para transformá-los em campos de pastagem. Alguns incêndios – os jornais divulgaram – foram tão vastos que chegaram a ser detectados pelas naves espaciais. Os astronautas ficaram assustados: estão botando fogo na Amazônia. Estão, não. Quem botou fogo foi a *Volkswagen*.

E o Projeto Jari? Ainda bem que o tempo da mordaça está se acabando e o país começa a saber o que sucede nos limites do maior latifúndio do mundo, que um dia, como se sabe ou convém que se saiba, será nacionalizado. Um enclave estrangeiro, onde se chegou ao extremo de substituição da floresta. Arrancaram os cedros, as sucupiras, as imensas sumaumeiras, as tatajubeiras, as imbaubeiras, os taxizeiros, duzentas diferentes espécies, e plantaram milhões de pés de uma árvore chamada *Gmelina arborea*, para fabricar celulose. A usina flutuante veio pelo mar, lá do Japão. De tudo tem lá no Jari. Infunde admiração a audácia grandiosa do projeto. Celulose, laminados de madeira, extração de bauxita, cassiterita, diamante e ouro. Produção de caulim. Arroz e gado. Jari:

durante muito tempo foi o singelo nome que os índios deram a um rio muito comprido, líquida espada larga protegendo o canto subterrâneo e mineral de suas margens. Hoje é o sinistro nome de um país, cujos limites ninguém sabe não, porque tem o tamanho da traição. Um país particular dentro do nosso país, dentro da nossa floresta uma floresta estrangeira, e uma nação arrogante dentro da nossa nação, cada dia menos nossa, cada vez menos nação.

§. Filho da floresta, água e madeira
vão na luz dos meus olhos,
e explicam este jeito meu de amar as estrelas
e de carregar nos ombros a esperança.
Um lanho injusto, lama na madeira,
a água forte de infância chega e lava.
Me fiz gente no meio de madeira,
as achas encharcadas, lenha verde,
minha mãe reclamava da fumaça.
Na verdade abri os olhos vendo madeira,
o belo madeirame de itaúba
da casa do meu avô no Bom Socorro,
onde meu pai nasceu
e onde eu também nasci.

Fui o último a ver a casa erguida ainda,
íntegros os esteios se inclinavam,
morada de morcegos e cupins.
Até que desabada pelas águas de muitas cheias,
a casa se afogou
num silêncio de limo, folhas, telhas.

Mas a casa só morreu definitivamente
quando ruíram os esteios da memória
[de meu pai,
neste verão dos seus noventa anos.
Durante mais de meio século,
sem voltar ao lugar onde nasceu,
a casa permaneceu erguida em sua lembrança,
as janelas abertas para as manhãs
do Paraná do Ramos,
a escada de pau-d'arco
que ele continuava a descer
para pisar o capim orvalhado
e caminhar correndo
pelo campo geral coberto de mungubeiras
até a beira florida do Lago Grande
onde as mãos adolescentes aprendiam
os segredos dos úberes das vacas.

Para onde ia, meu pai levava a casa
e levava a rede armada entre acariquaras,
onde, embalados pela surdina dos carapanãs,
ele e minha mãe se abraçavam,
cobertos por um céu insuportavelmente
estrelado.

Uma noite, nós dois sozinhos,
num silêncio hoje quase impossível
nos modernos frangalhos de Manaus,
meu pai me perguntou se eu me lembrava
de um barulho no mato que ele ouviu
de manhãzinha clara ele chegando

no Bom Socorro aceso na memória,
depois de muito remo e tantas águas.
Nada lhe respondi. Fiquei ouvindo
meu pai avançar entre as mangueiras
na direção daquele baque, aquele
baque seco de ferro, aquele canto
de ferro na madeira – era a tua mãe,
os cabelos no sol, era a Maria,
o machado brandindo e abrindo em achas
um pau mulato azul, duro de bronze,
batida pelo vento, ela sozinha
no meio da floresta.

Todas essas coisas ressurgiam
e de repente lhe sumiam na memória,
enquanto a casa ruína se fazia
no abandono voraz, capim-agulha,
e o antigo cacaual desenganado
dava seu fruto ao grito dos macacos
e aos papagaios pândegos de sol.

Enquanto minha avó Safira, solitária,
última habitante real da casa,
acordava de madrugada para esperar
uma canoa que não chegaria nunca mais.
Safira pedra das águas,
que me dava a bênção como
quem joga o anzol pra puxar
um jaraqui na poronga,
sempre vestida de escuro
a voz rouca disfarçando

*uma ternura de estrelas
no amanhecer do Andirá.*

*Filho da floresta, água e madeira,
voltei para ajudar na construção
da morada futura. Raça de âmagos,
um dia chegarão as proas claras
para os verdes livrar da servidão.*

§. Vamos, vem ver o reino vegetal. Entra comigo na espessura úmida. A floresta já sabe que chegaste, todos os verdes se movem, querendo saber quem és. O silêncio se anuncia, gota a gota, despencado das asas de mariposas e pássaros. A selva te recobre, com a sua abóbada de palmas e te encerra na umidade da escuridão diurna. As frondes colossais acumulam o tempo, nas nervuras geométricas das folhas. Os caminhos se fecham bruscamente no emaranhado dos espinhais. O silêncio é penetrado pelo punhal agudíssimo do zumbido dos insetos, que proclamam, em ondas de sombra, a chegada do anoitecer na selva. Ouve o lamento ancestral dos guaribas, o silvo quase imperceptível das serpentes, o esturro das feras felinas que percorre vibrando as distâncias da planície ferida. Subitamente, a selva inteira estremece e vibram as raízes mais antigas, as sacopemas das sumaumeiras altíssimas. É a floresta amazônica submetida pelo relâmpago, devassada na sua tenra intimidade pelo fulgor vertiginoso do raio.

§. A chuva é um elemento constante na selva. Não apenas nos meses de inverno, quando a água celeste cai compacta, sem trégua, dias e dias. Chove sempre, mesmo no verão, que é o tempo da seca. As grandes nuvens bojudas do céu equatorial de repente se movem pesadas, escurecem e se dissolvem: desce a pancada d'água, o temporal do Amazonas, a ventania cantando. É de manhãzinha, é no meio do dia, é quando tu vais de noite atravessando o rio, a escuridão rasgada de relâmpagos, de uma margem à outra, iluminando a face enfurecida das águas.

§. Vale registrar o índice de pluviosidade na Amazônia: 3.000 mm por ano. É um dos lugares onde mais chove neste mundo dos homens. A chuva torrencial se despeja sobre a terra, cujas virtudes leva para o rio. O solo desmatado fica sem o pouco húmus que lhe sobrou, levado pela chuva.

Os homens respeitam, temerosos, as forças do temporal, que verga e derruba árvores imensas, arrastadas pela correnteza, troncos que se chocam contra os barcos, estraçalhando quilhas e calados. Quando o temporal se anuncia, e muitas vezes ele se arma de um instante para o outro, canoas, batelões e até embarcações das grandes, logo procuram refúgio numa enseada das margens. Morreu afogado no temporal – é frase frequente nos barrancos da minha terra.

§. De um temporal desses, uma vez no Solimões peruano, nós escapamos vivos: o índio Morón e seu filhinho de cinco anos, eu e o caboclo Rios. Eu passara o dia numa pequena aldeia dos índios Yaguas, aprendendo a vida com o jovem tuxaua, que muito sabia do floripêndio e de ervas mágicas. Ao entardecer, saímos de canoa, com motor de popa, no rumo de Choriaco, pequenina povoação ribeirinha. Coisa de duas horas de viagem. Tempo de cheia. Subíamos o rio, rente à margem abarrancada da floresta, já na metade do percurso, quando, de repente, o temporal desabou. "Este vai ser dos medonhos", disse tranquilo, lá da popa, onde manejava o motor, o meu amigo índio. Junto a ele, no chão da canoa, o seu filho pequenino, todo encolhido de frio. Lembro-me de que, antes de escurecer totalmente, do banco da frente onde eu viajava, virei-me e vi o brilho intenso dos seus olhos enormes. Era o pavor. No estreito banco da proa, sem camisa, o caboclo Luiz Rios, morador de Choriaco. Enfrentamos o temporal em silêncio: juntos, caladamente solidários. A correnteza crescia, a canoa se balançava erguida na crista das ondas, depois se despencava com fragor, a chuva nos vergastava por todos os lados. Houve um momento em que não vimos absolutamente mais nada. Escuridão total. Repetidas vezes a proa topava num tronco. O baque surdo, a canoa parecia que ia virar. Morón inclinava o motor para a frente, de jeito que as hélices ficassem fora da água, evitando o choque. Só os relâmpagos nos ajudavam, cortando o céu de um lado a outro: a luz fugaz nos mostrava um tronco enorme, um pedaço de árvore ainda com ramos frescos, já quase em cima de nós. Morón, ágil e calado, desviava a canoa num golpe de leme. A escuridão era tanta que eu sequer enxergava a minha mão aberta a centímetros do meu rosto. Mesmo assim, em vários momentos, tive a certeza de que o índio Morón conseguia distinguir, dentro da treva espessa, alguma coisa das águas e das margens. Os seus olhos conseguiam ver. Ou os seus ouvidos, os seus sentidos todos, agudíssimos sabiam o que da embarcação se aproximava. Porque de repente ele dava uma guinada para a esquerda, logo aprumava o rumo, ou diminuía a marcha do motor. E emitia um som rouco e grosso e breve com a boca entrecerrada, que incrivelmente se ouvia no meio de todos os fragores do temporal. Era como se ele fosse um parente das águas.

A tempestade cessou antes que chegássemos a Choriaco. Pouco antes. E duas coisas que aconteceram naquela noite eu sinto agora precisão de contar. A primeira é que mal dobramos a boca do Paraná do Choriaco, demos com várias canoas que vinham em nossa direção. Eram homens e mulheres daquele pedaço do mundo, que jamais esquecerei: certos de que deveríamos chegar no começo da noite e nossa tardança já era tanta, nos sabiam surpreendidos pelo temporal e decidiram sair ao nosso encontro, para nos salvar. Quando nos viram, foi um imenso e prolongado grito de alegria, saído de todas as bocas. A segunda coisa é que depois do temporal o céu acendeu as suas estrelas, perdão, todas as suas estrelas, que brilhavam enormes, pairando soltas no campo da noite.

§. Agredida, violentada, a floresta se defende. Defende-se antes de tudo com o seu calor úmido, abafado. Com os cipós emaranhados, as touceiras de espinhos, as folhas de certas plantas que provocam queimaduras de brasa, as hastes de capim que cortam como lâminas. De repente as árvores e arbustos parecem mudar de lugar, fechando o caminho por onde o homem passou. As folhas e palmas da altura silenciosa e bruscamente se entrelaçam, inaugurando a noite em pleno dia da mata.

§. Defende-se com os poderes de encantamento dos lendários habitantes da selva. O matinta-pereira, o curupira, o mapinguari. O matinta, vulto alvacento que surge da sombra ao lado da gente e de repente some, aparece mais adiante, imóvel junto a um tronco, logo se esvai, volta por detrás e assopra, é aquele ventinho frio, na nuca do caboclo apavorado. O matinta gosta muito de assustar, mas no fundo é um brincalhão.

O curupira tem o fraco de ajudar a quem se perde na floresta. Mas tem o forte de abrir caminhos de perdição para quem entra na mata com intentos de maldade. Anda sempre rindo, corre gargalhando, os pés virados para trás.

O mapinguari é o duende mais poderoso, considera-se o dono da mata. Detesta madeireiros e caçadores, em cujos caminhos arma ciladas quase sempre fatais. Conheci nas matas do Itapecuru um caboclo de grande vigor físico, as mãos imensas, que me contou com minúcias os lances de uma luta corporal que travou com o mapinguari durante horas. Como é que eu vou dizer que não é verdade? Mas às vezes penso, ao considerar a ação dos malfeitores que destroem a floresta, que os curupiras e os mapinguaris do Amazonas também estão se acabando.

§. Mas a floresta sobretudo se defende com a sua fauna, que dela faz morada e cidadela. A fauna defende a flora e se defende. São as nuvens de mosquito, os que atacam na luz do dia, e os que chegam com a noite. Os carapanãs, as mutucas sugadoras, os terríveis piuns diurnos, o ferrão de fogo dos potós. As aranhas venenosas, caranguejeiras cabeludas, as tenazes metálicas. Defende-se a floresta invadida com os insetos transmissores de doenças, a malária maligna, as febres negras fatais. Com as formigas de fogo, as tocandiras, que sobem do chão e descem das árvores, de cujas hordas o homem corre em desespero. De repente, ao parar debaixo de um taxizeiro, o caboclo em poucos segundos se vê coberto de formigas dos pés à cabeça, sem nada poder fazer contra as ferroadas de brasa.

§. Defende-se com as suas feras: a onça suçuarana, a maracajá, a onça d'água. E principalmente com as suas serpentes, a mais temível de todas a surucucu, terrivelmente venenosa. Na beira dos rios, tempo de cheia, nas águas caladas da selva, no fundo escuro dos lagos, lá está a fabulária sucuriju gigante, a boiúna, a anaconda. A sucuriju e a jiboia, quando crescem muito (chegam aos trinta, aos quarenta metros de comprimento, mais de três palmos de grossura), tornam-se pesadas demais para dar o bote, já não se valem do invencível poder de constrição, que sufoca e esmaga a vítima. Imóveis por tempos largos num recanto escolhido da floresta, estiradas ou enroscadas, elas usam a insuportável arma hipnotizadora do olhar, que submete animais e homens.

§. Sucede que o homem, para vencer a floresta, derrota também a fauna. E tem na fauna mesma um grande objeto de sua cobiça. O animal tem carne para ser comida e couro para ser vendido. Há milênios que os bichos do Amazonas vêm sendo abatidos, os da terra e os da água. Algumas espécies estão perto da extinção. Já quase ninguém ouve cantar o galo-da-serra, lindíssimo pássaro do Alto Rio Negro. A alegre ariranha, a lontra dos nossos rios, hoje virou raridade: é o preço da beleza de sua pele. O peixe-boi está beirando o seu fim: quando se encontra um, carne para muito tempo, a notícia se espalha pela beira dos barrancos. Nos últimos anos foi proibida a captura de tartarugas e a caça ao jacaré. Como cumprir a lei na vastidão da selva? Na mesa dos poderosos, nunca falta a tartaruga, que hoje vale uma fortuna. Os números são assustadores. Na última década saíram da Amazônia mais de um milhão de couros de jacarés. Venho de passar mais de um mês varando rios, paranás e furos do Baixo Amazonas. Ao contrário do que sucedia há coisa de vinte anos, quando numerosos surgiam, esgueirando-se entre as canaranas, e na noite os dois olhos eram tochas avermelhadas – não vi nenhum jacaré. Transformados em bolsas, sapatos, cintos, eles nadam hoje pelas avenidas das principais cidades do mundo. Mais de vinte mil onças são mortas anualmente. Couros, peles, pássaros e peixes ornamentais continuam a sair do Amazonas, diariamente, para muito longe, e quase sempre por caminhos tortuosos.

Na luta contra a natureza, na última e porventura definitiva luta do homem contra a natureza, que se trava na Amazônia, o homem parece ganhar. Sem se dar conta de que, ao fim da cega peleja, ele poderá ser o grande derrotado.

§. Amanheço na minha casa no meio da floresta, contemplando a perturbadora beleza da inocência humana, captada pelo olho de artista e de antropóloga de Cláudia Anduja. São fotos de um momento recente da vida de uma tribo de índios da Amazônia: os Yanomânis, pela demarcação de cujo parque hoje se trava uma luta que não há de ser inglória. Olho devagarinho essas fotos porque estou, seguramente, diante de um dos últimos testemunhos do que ainda resta, na Amazônia, quase intacta em sua pureza, da vida dos seres humanos que primeiro habitaram esta selva e cuja raça está caminhando já muito perto do fim.

A verdade é que no céu dos índios, degradado pelo furor dos brancos, já se apagam as últimas estrelas.

§. Eles eram mais de um milhão quando aqui chegou o colonizador europeu. De extermínio em extermínio, depois de quatrocentos e tantos anos, hoje eles não chegam a cinquenta mil. E desses, quase todos já perderam, feridos fundamente na essência dos valores de sua etnia, a sua própria condição de índios. Uns poucos ainda resistem, escondidos nas últimas lonjuras da selva, fugindo ou evitando ao máximo, quando podem, o contato com os chamados agentes da civilização. O que desejam esses pequenos resíduos tribais ainda espalhados pelo chão da Amazônia, como de outros raros lugares do Brasil, é simplesmente poder ser e seguir sendo simplesmente índios. Querem o direito de ser o que são.

§. É esse direito que lhes foi impiedosamente usurpado pelo invasor. A eles, os donos genuínos deste chão. Os que chegaram primeiro, sem saber, como de resto ainda não sabem, que este viria a ser o país dos que chegam por último. Esse direito lhes é negado pelo invasor, que apodrece os seus corpos com as suas doenças de branco, e mata neles o que para o índio é o seu próprio centro de gravidade: o gosto e a alegria de viver. Degradação, palavra que, como estigma, queima a alma da raça que fundamentalmente nos formou.

§. Índio aculturado é índio degradado, disse o santo Noel Nutels, pouco antes de morrer, faz poucos anos, depois de toda uma vida dedicada à redenção do índio brasileiro. A maioria abrumadora dos nossos índios enfrenta hoje, perplexa perante si mesma, essa degradação imposta pelo branco e que começa já no simples contato com o civilizado e que se prolonga sem nunca terminar, porque só acaba com a morte, durante o que a terminologia da desproteção oficial chama de período de transição. É durante esse período que a tribo se vai perdendo de si mesma, que o índio vai deixando de ser índio, que os ritos e mitos se vão esgarçando – enfim toda uma cultura construída durante séculos e que de repente é esvaziada de significado pela imposição inevitável dos padrões culturais do homem branco.

§. Perdido de mim, não sei
ser mais o que fui e nunca
poderei deixar de ser.
De mim me perco e me esqueço
do que sou na precisão
que já tenho de imitar
aquilo que os brancos são:
uma apenas tentativa
inútil que me dissolve
na dor que não me devolve
o poder de me encontrar.

Já deslembrado da glória
radiosa de conviver,
já perdido o parentesco
com a água, o fogo e as estrelas,
já sem crença, já sem chão,
oco e opaco me converto
em depósito dos restos
impuros do ser alheio.
Resíduo de mim, a brasa
do que já fui me reclama,
como a luz que me conhece
de uma estrela agonizante
dentro do ser que perdi.

§. Aqui está o cerne do drama indígena: submissão que tem o gosto de traição do próprio ser. Violentado na sua cultura, o índio é impelido à dependência, à submissão aos trunfos de uma cultura que lhe é estranha, que nunca será a sua, mas da qual ele passa a precisar para sobreviver. Contato feito, o índio sai sempre perdendo. Não perde só a terra, que lhe é usurpada pelas frentes invasoras da sociedade que se proclama nacional para servir a interesses que nada têm a ver com a nação verdadeira. Não perde só o vigor físico e a sua própria integridade. Perde o que era bom, o que era límpido, e é obrigado a incorporar o que é sujo, o que é ruim. Para poder sobrexistir, ele é obrigado a não confiar mais. A utilizar-se da mentira e do roubo, finas virtudes brancas. Dos brancos que bem poderiam aprender, com os índios, a conjugar o verbo amar.

> §. Até a mensagem de amor do Cristo é usada, e atraiçoada, para a violentação dos mais belos valores culturais dos nossos índios. Depois de tantos séculos, o Atahualpa que existe em cada índio do Amazonas é obrigado a beijar a cruz para poder sobreviver. Conheço do que digo. Acompanho de perto o trabalho de catequese realizado junto aos índios da nação Maué pelos padres italianos da incrivelmente rica prelazia de Parintins. Os índios "convertidos" já não podem sequer dar a Deus o nome de Tupana. Quero, em compensação, gravar aqui palavras que ouvi, durante uma reunião do CIMI, janeiro de 1978 em Manaus, do padre Astor Heck, que lida com os índios em Xanxerê, Santa Catarina:
>> – O índio tem a sua religião, que vale tanto quanto a nossa. É o índio quem está mostrando, com sua vida, o verdadeiro Evangelho para nós.

§. O problema indígena é portanto um problema do branco. Na medida em que só começa a existir a partir do instante em que se dá o encontro do índio com o civilizado. Antes ele era um ser livre, feliz e glorioso. Dono de seu poder e de sua força de viver e conviver. Na sua tribo, ele é parte viva dela, como todos os outros, de qualquer idade ou sexo. Com os mesmos direitos à utilização dos rios, das matas, do resultado do trabalho coletivo pela subsistência: um homem irmão dos outros homens. Degradado, ele transforma a dignidade perdida em duro e silencioso rancor. Que vai degenerando, dor que punge calada, no que meu irmão Darcy Ribeiro chama de desengano. Desengano da vida, desgosto de ser gente. Por isso precisamente o índio caminha para o extermínio, ao participar de uma sociedade que se fundamenta na exploração do homem.

§. Que os Yanomânis, isolados dos brancos no alto da Amazônia, conservem ainda por largos anos a sua límpida glória de viver.

§. Já não se esconde mais, cada dia ganha mais corpo, a inquietação a propósito do futuro da Amazônia, cujo equilíbrio ecológico está fundamente ferido. A nossa floresta, que só tem feito servir ao homem, vem sendo explorada e ocupada de maneira insensata, desordenada e assustadoramente predatória. A denúncia é feita por cientistas que sabem o que dizem. É claro que a Amazônia precisa ser ocupada e desenvolvida. Mas sempre levando em conta os fatores ecológicos e a sua necessária harmonia. A floresta tem que ser utilizada, mas humanamente. Utilizada, e não degradada.

§. Cada qual faça a sua parte, enquanto é tempo, em defesa da floresta degradada, de sua fauna ameaçada. Maior e mais antiga que a da floresta é, contudo, a devastação do seu habitante humano. O caboclo, o ribeirinho, o homem do interior. O cativo resignado.

§. Acabo de descer na cidadezinha de Amaturá, na beira do rio Solimões. São seis horas da manhã, 9 de setembro de 1978. Dezenas de crianças vêm ao encontro do barco em trabalho de atracação. São magrinhas, barrigudas, algumas de pele muito clara contrastam com a maioria bem escura, de longe a luz brilhando nos olhos amendoados. No porto, pequenas canoas de pescadores.

Subo o barranco e entro num galpão de palha e chão de barro batido: é uma casa de farinha. Lá dentro encontro duas caboclas trabalhando, crianças espalhadas ao redor. Teresa tem 26 anos e seis filhos. Zilda Isidório, 29 anos e 9 filhos. São magras, a pele tostada de sol, os zigomas salientes, os cabelos lisos e negros caindo nos ombros. No fundo das pupilas, o brilho sinistro da fome. Contudo, são ágeis essas duas mulheres. Os braços se movem, bailando no ar, revolvendo a farinha no forno com a pá de um remo. O forno (construção arredondada de barro, com a boca para o fogo de lenha, coisa de um metro de altura, sobre a qual se ajusta a grande assadeira de ferro) não era delas. Pagam ao dono cinco cruzeiros por hora de uso. Teresa é calada, mas Zilda Isidório é loquaz. Conta que ali ninguém faz farinha d'água melhor do que ela, que acorda ainda com noite para acariciar a mandioca mergulhada na beira do rio, que na véspera quase fora agarrada por uma sucuriju, a danada era negra já demais, tinha uns dez metros de comprimento.

Perguntou se eu não trazia remédio, três filhos pequeninos estavam com disenteria. Para espanto meu, disse que vira meu retrato num jornal, quis saber o que era um poeta.

Deixei a casa de farinha e saí para conhecer o vilarejo, voltei ao barco umas três horas depois. Quero agora contar a história de um dolorido fracasso: pela primeira vez nesta viagem, e acho que pela primeira vez na minha vida, não consegui me comunicar com uma criança. Ela se chama Marieta, tem 9 anos, é filha da Zilda da farinha. Veio a bordo a mando da mãe, buscar um remédio que eu prometera para a irmãzinha de quatro anos, que há muitos dias arde de febres noturnas e se desmancha em diarreia, já obrou sangue três vezes. Eu vi a meninazinha deitada no chão em cima de uns panos encardidos: um fio de gente. Zilda Isidório vem cuidando da filhinha com chás e infusões de ervas, sem resultado.

Quando Marieta chegou ao barco, magrinha e suja, o vestido que um dia foi estampado de flores, sentou-se na ponta de um banco do tombadilho e ali ficou, silenciosa, sem falar com ninguém, no meio da caboclada que invade o barco em todo lugar que a gente chega, menino que não acaba mais. O barco já para largar, perguntei quem ali viera para apanhar um remédio. Ninguém respondeu. Perguntei quem conhecia dona Zilda, que morava ali pertinho, estava trabalhando na casa de farinha. Uma cabocla respondeu que conhecia e que ali estava a filha dela – e me apontou Marieta.

Marieta era um animalzinho ferido, olhando para o chão. Fiz no banco um espaço a seu lado e ali me sentei, o remédio na mão. Marieta não se moveu. Senti meu coração bater mais forte. Decidi não lhe falar imediatamente. Fiquei olhando o barranco vermelho, escarpado, uns vinte metros íngremes, a terra faiscando no sol.

Então lhe falei, bem devagarinho, meu rosto pertinho do dela. Aqui está o remédio, maninha, o remédio para a tua irmã, como é mesmo o nome dela? Marieta não se moveu, não disse nada, Marieta nem me olhou. Continuou de cabeça baixa, o seu pezinho esquerdo alisava a madeira do assoalho. Estás me ouvindo, Marieta? Marieta não levantou a cabeça, então eu fiz silêncio, havia umas oito ou dez pessoas ao redor, junto à casa de máquinas do barco.

Passei o braço em torno dos seus ombros, senti-lhe os ossos tristes da omoplata, acariciei os seus cabelos castanhos queimados. Ela continuou imóvel, silenciosa, como se seu corpo fosse feito de pedra e amargura. Constrangido, levantei o olhar para a outra margem do rio, lá longe uns três quilômetros. É forte e doce no meio da manhã o vento que corre no centro do Solimões. Nuvens alvíssimas e baixas passeiam pelo céu. De repente me lembro de minha filha Isabella, nascida no Chile no tempo de Allende e que hoje mora no Rio de Janeiro. Nítida, na lembrança, a figura de minha filha alegre, desenvolta, conversadora, e mais uma vez aprendo que o ser humano é um ser social, resultante da estrutura da sociedade que o formou.

Levantei-me, disse vamos, tomei Marieta pela mão, desci a prancha estendida entre o barco e o barranco e caminhei com ela, de mãos dadas, o sol ardendo sobre nossas cabeças, para a choupana de sua mãe. Subimos o barranco, eu de vez em quando dizia alguma coisa, tu já almoçaste, maninha?, queres viajar comigo no barco?, Marieta não me respondia. Não falava, mas subitamente senti que ela de algum modo se comunicava comigo, através de sua mão na minha, que ela começou a apertar com a força dos seus dedinhos magros.

Chegamos. Entreguei o remédio, recomendei que se fervesse a água para a criança beber, para ela e para todo mundo: na falta de filtro, era ferver a água. No ar impregnado pelo perfume da farinha fresca, Teresa e Zilda recolhiam a farinha do forno, havia muito mais crianças do que de manhã cedinho. Me despedi, ouvi gritos do barco me chamando. Procurei por Marieta, queria abraçá-la de despedida, perguntei por ela, Marieta sumira.

Voltei para o barco. Sozinho. Na hora de desatracar, fui para a amurada do tombadilho superior. O barco começava a se afastar da terra, quando, de repente, vejo, sentada num degrau da escada cavada no barranco, a silenciosa e miúda figura de Marieta. Estava a uns dez metros da beirada. Então gritei o seu nome, adeus Marieta, adeus maninha. Pela primeira vez, e lá de longe, Marieta me olhou, Marieta me olhou bem nos meus olhos, eu tornei a gritar – adeus Marieta, tu és muito linda, maninha! – e Marieta então sorriu, era um sorriso, sim, o sorriso mais dolorido que já vi na minha vida.

§. É principalmente nas crianças que se percebe a marca maligna que vinca a vida do habitante humano do interior da Amazônia: a marca da subnutrição. Rodeado de luz, o ser se encolhe na sombra cavada pelo que lhe faltou.

§. *O que em mim faz falta*
– para inteiro me ser –
ficou onde não estive,
dentro do que não tive
antes já de nascer.

Estou sempre aquém
do que não sou. Cheguei
escasso de mim, vasilha
de argila inacabada.

Onde estiver, por mais
que todo eu me dê,
sempre incompleto estarei.
No que fizer, deixo
na mesma face do feito
a marca da mão que faz
e a da mão que não se fez.

Levo comigo uma fome
que, sem boca, me come.

§. *A fome, contudo,*
que mais o consome,
é a que ele não tem,
da qual sequer sabe o nome.

*Raiz viva e fruto podre
do seu próprio cativeiro,
é a falta dessa fome,
própria só do homem,
de sonhar e enxergar
o centro real do sonho
latejando no chão
que lhe dói sob os pés.
A fome não tem
de comer a diferença
entre o ninguém que é
e o alguém que pode ser.*

§. *Os dentes do desamparo
mastigaram-lhe a vontade
de ver.
Os donos da servidão
cobriram-lhe os olhos
com escamas de cinza
e taparam-lhe a boca
com as sílabas ocas
da resignação.*

*Quando fala, não sabe
que de sua boca sai
a palavra falaz
dos que o enganam.
Por seu olhar enxerga
uma retina alheia
que o impele a seguir
um rumo de submissão.*

§. A Amazônia já não é mais a região misteriosa de antigamente, um exótico celeiro de lendas. Não é a Manoa do Lago Dourado, nem o País das Amazonas. Também já não se trata apenas do paraíso, com a bem-aventurança da luz na poderosa quietude da selva. Nem do inferno, rubro do fogo das febres, de serpentes e peçonhas. Muito dela ainda está por ser descoberto. Mas de muito já se sabe. Dos recursos minerais do seu subsolo, que despontam cada dia maiores, em descobertas que se sucedem. O ouro do Tapajós, o ferro da Serra dos Carajás, a bauxita do Trombetas. São reservas calculadas em bilhões de toneladas. Que não venham elas a padecer o destino que foi dado ao nosso manganês da Serra do Navio, que há uma porção de anos está sendo levado todo, todinho, lá para as bandas poderosas da outra América, que não dispõe de reservas daquele minério e se garante o futuro com os estoques acumulados da riqueza do nosso subsolo.

  Se o subsolo se revela cada dia mais rico, sucede que o solo vem confirmando uma inquietante pobreza. E mais empobrecido se torna com a floresta derrubada. De muita ciência ainda se precisa para alcançar o conhecimento de técnicas que favoreçam o uso justo e adequado do solo. Mas não só de ciência. É de consciência a nossa precisão maior. É preciso ocupar a Amazônia para ajudá-la a viver, a fim de que ela possa ajudar melhor o homem, quero dizer, a humanidade.

  Já não se esconde mais a tensa inquietação a propósito do futuro deste verde pedaço do mundo, cujo equilíbrio ecológico está fundamente ferido. Sobretudo porque também não se esconde, conquanto mal negada, a intenção sinistra de vender, por meio de contratos de risco, partes da nossa floresta para cobrir uma parte da nossa dívida externa.

Por isso quero contribuir, com estas palavras escritas no interior do Amazonas, nas margens do rio Andirá, morada dos últimos sobreviventes da nação Maué e que banha a pequena Barreirinha, onde nasci – para a causa da minha terra e do meu povo. Quero que elas sirvam de testemunho e de advertência.

§. *O barco se afasta devagar. Do alto da proa, fico olhando a menina sentada no barranco. Um brilho que me perturba cresce nos seus olhos, onde palpitam misturados a força e o desamparo. Uma espécie de esperança amedrontada. É o olhar da própria Amazônia, de alguém que sente precisão de amor.*

Barreirinha, 1979.
Rio de Janeiro, 1981.

FAZ MORMAÇO NA FLORESTA

§. Não quero que me cedas,
nem me concedas nada
de teu, por dar amor.

De dádiva, já basta
tu inteira na luz
que do teu corpo nasce.

Quero só que tu queiras,
de coração cantando,
vir comigo acender

toda a paz das estrelas
que abraçados inventam
o teu corpo e o meu.

§. A cuia morna do ventre
da cunhatã estendida
tomo nas mãos e sorvo

sem sofreguidão a luz
que líquida se derrama
entre as vertentes das coxas.

Firme a forquilha das ancas
a coluna se recurva:
faz mormaço na floresta.

Um suor escorre da nuca
porejada de hortelã,
e o chão se encharca de festa.

§. Calor molhado de sesta
nos envolve sobre a areia.
Crescem cantos na floresta

quando as asas quentes pousas
de tua boca em meu peito:
estirado me floresço.

Fogo ondulado, teu dorso
que me lentamente desce,
enquanto, árvore, cresço.

Sombra ardente que me guia,
tua cabeleira baila
na esparramada alegria.

§. É quando mordo a luz
do teu peito que tenho
o que perdi sem ter.

Quando me vi foi quando
antes de te ver, abriste
o sol dos teus cabelos.

Nenhum espelho nunca
(nem o secreto lago
em que o medo me espio)

me desvelou, relâmpago,
quanto o tremor alçado
de teus joelhos, chamando.

§. Nunca sei como sou
(sei só que sou contente)
quando contigo vou.

Amor me ensina a ser
a verdade que invento
para te merecer.

Só chegas quando estou:
as estrelas me trazes
para o céu que te dou.

Na glória de saber
que me inteiro recebes
desaprendo o que é ter.

§. Instinto de te ser
me guia pelas águas
a esperança de ver

contigo a madrugada.
Enquanto viajo a noite,
me perco do que sou.

Um tremor leve de asas
te anuncia esgarçando
a sombra: sei que sou.

Teu corpo me inicia
no mistério da luz:
sei que ainda serei.

§. Toda a ciência, triste
do saber que me deu,
não me soube mostrar

o rumo da alegria
que lateja nas veias
de tua mão pequena.

A mancha que ficou,
no meu peito, do tempo
que me coube por homem

se lava na espessura
orvalhada do canto
que teu corpo espalha.

§. É quando devagar
os teus quadris
estremecem,

e arrias o dorso
que se contorce
na relva da tarde,

e teu queixo sobe
anunciando a boca
toda iluminada

e os teus pelos me roçam
na língua a alegria
– é quando sei quem sou.

§. Noite no que faço,
claridão no que sou.
Pelo que dou me desfaço.

Contudo, não me disfarço.
Mordo o sol que me queima
e escondo o travo da luz.

Depois da flor, entrego
a seiva com seu estrume:
canção subterrânea.

Límpido sou no que faço
por amor, que me dissolve
a escuridão no que sou.

SOBRE O AUTOR

Thiago de Mello nasceu em Barreirinhas, em 30 de março de 1926, nas barrancas do Paraná dos Ramos, o mais longo e sinuoso braço do Amazonas, e ocupa lugar de destaque entre os expoentes da poesia brasileira.

Seu primeiro livro de versos, *Silêncio e palavra*, veio a lume em 1951 pela Editora José Olympio e foi prontamente aclamado pela crítica e por vários colegas de ofício. O poema "Os estatutos do homem", o mais célebre de Thiago, simboliza a luta do poeta em defesa dos direitos e dos valores mais básicos da humanidade.

Poeta e diplomata (demitiu-se após o golpe de 1964), foi amigo e tradutor de grandes poetas latino-americanos, entre eles o chileno Pablo Neruda (1904-1973).

A poesia de Thiago, amorosa e libertária, permanece como sua grande obra e é reconhecida internacionalmente. Vários livros de sua autoria foram traduzidos e publicados em outros países.

Falecido em Manaus, em 14 de janeiro de 2022, o poeta morou boa parte de sua vida no coração da floresta amazônica, à beira do rio Andirá, na casa que Lúcio Costa inventou para ele.

Impresso por :

gráfica e editora
Tel.:11 2769-9056